JN090452

星綴り

倉本侑未子

七月堂

カバー装画　長谷川潔《小鳥と胡蝶》町田市立国際版画美術館蔵

星綴り　目次

序詩

第一章

第二章

第三章

序詩

ペン

きみ　その一条（ひとすじ）の優しさよ　靭（しな）やかな懐剣よ
わが心の裡（うち）を滑（すべ）らかに通過し
わたしを種種（くさぐさ）の軛と己自身から解き放ちたまえ

第一章

水彩

大気のゆらゆら
水のひたひた
心の空ろに描(えが)きたい

何かを削ぎとるように
擦過する日々のなか
薄れゆくものをとどめようと
浮き沈む想いの色合いを
胸のパレットに置く

白昼夢に垂らしこめば

にじみ　ぼやけ　途方に暮れ
流れていく甘苦い息づき

憶い出とは輪郭を溶かし
ほんのりと暈かしあう
笑顔の影絵であろうか

汽笛のように烟（けぶ）る尾を曳いて
遠ざかる声や
日に晒されたレリーフのごと
磷いでいく貌など
美しく歪んだ凡てのものたちを
わずかでも
引きとめられたなら

いま光の紗がかかる絵筆の先に
颯と舞いおりる風花は儚くも
莞爾として透け
虚ろな心を淡く彩るや
神隠しにあう

沫(しぶ)きと擦(かす)ればかりの
スケッチブック

悴んだ手を置く場所が
見つからない

どこにも

光溜り

一日が熟すと
方方から駆けよるプリズムに
猫のヒゲがピクンと応える

沢沢と満ちる光のミルクを
先端から吸いあつめ
金色に波うつ体

誰も笑いかえさない午後
ひとつきりの柔毛（にこげ）の杯（さかずき）は
くすくす揺れて溢れかえり
光は足先まで滑滑（つらつら）と迫ってくる

気づけば部屋じゅう光浸し

——さっさと拭きとっておしまい！

その声がどこから響いてくるのか
わからないまま慌てて屈むけれど
ふざけてばかり
なかなか掬いとれない光は
あちらこちらに跳ねを返し
途方に暮れるわたしの
無口な影に虎斑をいれる

日暮れどきになると
お腹が空いたのか

影の虎はのっそりと立ちあがり
拭きのこしの光を舐め
それだけでは飽きたりず
光の滲みこんだわたしの足まで
生温かい舌で啜ろいはじめる

ぴしゃりぴしゃり

足元が薄らぐにつれ
煌めきだす影の双眸

宵闇のなか　わたしはふつりと消え
わたしを吸いつくした影虎は
前足で虚空を掻くと
冷気をひらりとひと舐め

そのまま舌をつつつと喉奥へ引きこみ
自らの髄(ずん)に籠る

潜水

蔦の葉が涸れかけたプールの底へ
一散に手を伸ばす

もう届かないだろうか
潜りつづけた
自身にもっとも近い場所

そのままでいて欲しくても
息継ぎのたび
様変わりしていく風景

けれど水の中の地下室は

いつも同じ

ひんやりした半透膜の壁は
地上では漏らせない声を
そっと潜（くぐ）らせてくれた

銀色の吐息とともに
目も耳も心も
何もかも溶かしこみ
わたしは揺らめく水溶液になる

消えていく水紋
間遠になる水音
心拍の心地よい危うさ……

打ち解けていた薄明かりが
いつのまにか遠ざかり
強い陽射しが照りつけると
水はするすると引き
いまはもう指先を濡らすだけ

ひび割れたプールサイドで
蔦の葉が底を見下ろしている

――逃げ水？

水銀（みずかね）色の余滴を掌（たなうら）にしまい込むと
遙かな鈴の音が消えがてに響く

人喰森

一

纏わりつく醱酵した大気
一足ごとに沈みこむ蹠（あなうら）を
甘噛みする地衣類のつめたい粘り

黝（あおぐろ）い隠沼を越えたなら
もうなにも懐いてはならないと
恍惚をうながす樹海の磁場に
重だるく引き寄せられ
身も心も潰えていく

ビル街のひしめき
駅舎のざわめき
人のきしり声も
いまや耳底の褪せた染み

……もっと深くおいで

口をすぼめて手招きする老木に
ついと歩み寄り　がっくりと頽れる
我が肉色の形骸（むくろ）

二

包（くる）まれていたい

その願いひとつ
胸に燻らせ
この森に来た

けれど骨に飢えた
大地が差しだすのは
狂った母の棘だらけの抱擁

締めつけられる息苦しさに
うっそりと見やれば
虚ろな中空に
薄っぺらの片雲が浮かぶ

空が
笑っているね

ずっと焦がれてきたわけを
ようやく悟り　うなずく顎の先が
もう溶けかけて

消えていく一縷になろうと
微笑みかえす唇の輪郭よ
どこまでも　のどかに
広がっていけ

水をたっぷり含んだ網膜は
くぼみだらけの鍋の底

うねった小魚や
よれた海藻を入れると

視えないものが
滲みだして味になる

ちっぽけなものは　いつもみな
人知れず枯れた姿で横たわり
雨がじわじわ滲みこむたびに
飢えた大地のだしになる

ねがわくは　この身も
いくばくかの滋味に……

三

暮れ残る地平のかなたより
低い暮鐘が耳孔にさ迷い込み

日交からゆったりと抜けていく
いずれ虚空となる私の眼窩を
一匹の麗しい蛇が訪(おとな)い
静かな遊び場とするだろう

永遠の
子宮のなかで
眠るのだ

白濁した
朝はもう
来ないから

人喰森の冥い底
光る尾の蜥蜴が走り去り
やがて暁暗　吸いつくされた
がりがりのキノコが
ころりと転がる

一夜茸（ヒトヨタケ）

嵐のあと　すうっと伸びをする仄白い裸身
内には螺旋ができている

終宵佇み　みずからをのぼりくだり
どこにも行きつかぬ息

喘ぎ　揺らぎ　舌もつれ
薄明のなか　あとかたもなく地平に退（ひ）く君の
体温を大地のみが知る

カクテル・ラウンジ

その滑(すべ)らかな流体
が飴状に伸びる宵
グラスに絡みつく幾
つもの指先が千通り
の角度で琥珀色の夢を
愛で揺らしては時折迂
闊にも取り落としかけ煌
やかな波頭を散らす傍ら
進みそうなニュアンスで後
ずさりする独特なスタイル
の会話が縷々として交わされ　　　　　　　　　る
この時空間は一つのベクトルだ　　　　　　　　け
を信じやがて虚しくログ・アウトする無数の戦士たちの限りなく甘やかな

聖地かつ流刑地でありひとときの贅言を許され陶然と自らを語りつづける
も無言の拮抗のなか慰めはつい　　　　　　　　　　　　ぞ
得られることなくレーテーの　　　　　　　　　　　　　水
を一滴忍ばせ溜息交じりに
温めても昇華しきれなかっ
た彼ら囚われ人たちの夢
の皮を被った思惑が明け
方グラスの底にてんで
に澱を残すのを尻目に
濡れた口づけのごと
くチェリー一つ残し
鮮やかに揮発する
その滑らかな流体

言わずじまい

水差しの
注ぎ口に留まった
拭いきれぬものが
出ることも戻ることも
躊躇い
そこだけを
居場所として
空を映す

注がれた水と
逗まった水の
どちらにも与せず

用向きをもたず
色も量も
形らしい形
さえも
ない

陽気に
燥ぐ
食器の傍ら
宙に
ぽっちりと
身を置き
花の香の揺らぎや
雲脚の移ろい
細りゆく虫の音を

ほのかに
含んだまま
温んで
いく

なかば
忘れられた
自由人よ
きみは逡巡の
跡も残さず
暮れ方の瞼の奥へ
ひっそりと
立ち往生
して

響音

暮れ方の沿道で足は迷っている

堂堂巡りの行き場探し
右も左も変わらない
あるのは上ることと下ること

小さく蹴りだす痩せた影に
更にかぼそい影が潜る

……あ・な・た・の・来た・道
足跡・も・ない・のね……

薄日色の微笑みと
吃音のビーズをこぼして
猫をあやす少女

行ったり来たり……
つむじ風に絡まれるたび
影と影は重なりあい
時折　猫の差しだす舌が
ほんのりと暖を生む

――目障りな奴らは消してしまえ！
　小さいうちに埋めてしまえ！
濁った眼の街燈が示しあわせて
明かりを消すと

淡い影さえも失う二人

闇にごくりと呑まれる寸前
恐怖のあまり
ぽかんと開いた少女の口めがけ
猫は弓なりに跳躍する

擦(こす)れあう二つの体

線香花火が咲いて散り
鳩尾を駆け下りる熱い痛みに
少女はせぐりあげ　せぐくまる

ようやく治まると
仄温かい胸底から

猫がとろ火で語りかける

あなたの嚥みこんできた
たくさんの思いに
わたしの声をあげる

わたしはあなたの心の燠火
あなたの唇はわたしの墓標

……いったい?

咳き上げた途端　飴玉のように
転がりでる虹色の声音は
*ビブラートをきかせながら
音階を上がったり下がったり

少女の喉元に戯れつき纏わりつく
甘美な発声練習を終えると
一心同体はおもむろに歩きだす

どの道　夜明けには用無しとなる
街燈に背を向け鼻唄交じり
軽やかな跫音（きょうおん）に婀娜やかな嬌音が
彩りを添える

白い歯の間から
紅い鬼火をゆらりとさせて
少女は路地にしゃらりと消える

＊　ビブラート…声楽や器楽演奏等で音程を細かく上下に震わせる技法

星綴り

ここだけではない
地上のほとんどは病室だ
閉じられたまま均質に濡れそぼつ日々

出窓に誘いかける梢のそよぎも
蒸気を上げる街の息づきも
いまは途方もなく霞み
窓辺の地球儀は空回りをつづける

わずかな可動域の空間で
わたしは心を溜めている
恒に密かにペン先の揚力を信じて

＊

華奢な筆致で綴るのは
みずからの処方箋

藍色のインク壺に
星明かりが蜜を注ぐたび
薬草色に染まる羽根ペンには
いつしか翠の鳥が宿る

朝を生む夜の長さ

微温の羽交に時を溜め
鳥は目眩く星の巡りに

触れるべくもなく
魅せられている

夜ごと小枝をそっと組みかえ
北斗の柄杓で光を浴び
琴座の弦を小さく鳴らし
ペガススの背で羽を憩わせ
まだ見ぬ果蓏に思いを馳せる

*

ささめく星々の下は
均しく病み疲れた地上

癒えがたい無数の傷口を

いつか差す光の受口へと
非力な翼でほつほつと
この星をたどり　なぞり
吐息をかけては訛(やさ)しさで綴る

掠れたインク　掻き傷だらけの
紙面を見舞いに夜空が撓(しな)い
またひとつ星を滴らせる

いまや光そのものになった
小さなノートから
翠の描線はふいと浮きあがり
オリオンの窓をくぐり抜ける
仄かな水尾は天穹に溶けいり

夜明けの鳥かごには
止まり木だけが
微かに揺れる

桜踏み

透けそうで透けない花びらが
穏やかな口封じのように
夜のままの胸に積もる

ひっそりと埋(う)もれ吐息のたび
見え隠れする遠い日の私を探し
蕭(しめ)やかに踏みかえす

*

曖昧な微笑みですり抜けてきた
約束事がひとひらずつ舞いおちて

知らぬまに心の底に貼りつく
足取りを重くするものの
どうしてか払いきれず
やるせなく踏みしめては歩を移す

*

洞（うろ）に仕舞われた銀灰色が
密やかに滲（し）みだして辺り一面
夢うつつに染めあげる

鐘朧の迷宮に誘いこまれ
ひとり　うっそりと
踏みなずさう

影踏み　影踏み　桜踏み
誰の影踏む　漫ろ神
己の影踏む　漫ろ歩き

航海日誌

錨地はどこか

あなたの遺した不条理な課題に
手こずりながら過ごした歳月

擲ってきた
音も光も
自由なはずの暗闇さえも
摑みどころのない風に煽られ
流されているとも気づかぬままに

錨地はどこか

深夜のデッキにぽっかり浮かぶ
カナリア色のスキー帽

目深に被った面影に
声を落として問いかける

黙りこむ空に同調する
眼まで白いカモメたち

神妙な顔で肩透かしする
幾棟もの灯台

鸚鵡返しの光景が
白々しく繰りかえされる

里程標などありはしない
ただひたすら波音を聴く

薄月の暈が束の間
浮き輪を投げかけはするが
せめて教えてはくれないか

果てのない無理難題に
どう向きあえば良いのかを

アンモナイトに籠もるのか
排気ダクトを抜けるのか

錨地はどこか

指導者のいない居残り時間
無言で見守るスキー帽

落としたアイスクリームに
感傷は要らないとばかり

ワッフルコーンの振りをして
いつまで空寝する気か

濃霧のなかで認めつづけた
宛てのない抗議状

荒む心に散り落ちて
すげなくも夜風が拉する

大きな疑問符が波間を
漂いふやけて沈んだ

暮れなずむ日々のどこかで
願わくはスキー帽よ
どうか教えてはくれないか

追憶に噎びながら
白茶けた小径を戻ればいいのか
塞がりかけた気道を

喘鳴をたてて突き進むべきか

　錨地はどこか

あなたの遺した不条理な課題に
いつか錨を下ろせるその日まで
いつか光を灯せるその日まで
眩暈しながら航海をつづける

くたびれたスキー帽よ

*・−・・・（オ）｜・・−（ウ）｜・・−・・（ト）｜・・−（ウ）｜・−−−・（セ）｜−−（ヨ）｜
・−・・・（オ）｜・・−（ウ）｜・・−・・（ト）｜・・−（ウ）｜・−−−・（セ）｜−−（ヨ）｜

＊　モールス信号「応答せよ」

擬態

石を吸う蝶

迷路や隘路に
倦みつかれ渇いたのか

白日を避け
翅をひたと重ね

同じ色合いの石に紛れるように

永久（とわ）に滲みこんだ柔らかな
翅音に聴き入るように

吸う　私もまた――

石の底に鎮まった人の甘やかな
余香を　どこまでも深く
心を澄まして

渝わらぬ温もりが伝わるよう
ひしと身を重ね

いつしか
眠り込むように
御影石に同化する黒衣

なべて
落日に包まれて

極光夢幻譚*

禊ぎの寒気に私は湎る

縮れる風も縺れる草も鳴りを潜め
静寂の圧が高まると
空と地が交睫する

神の舌は亮亮と
雪を回らせ舞いはじめる

欣びに哀しみに顫え
高く低く耀い猶予い
韶**はあたりを宛転と囲むや

突として無数の光芒をなし
流れおちる

燁燦と降りそそぐ白雨のなか
烟(けぶ)る木立のように顕れる
霊の群れ

どこか佗しげな見知った面差しは
その永遠に瞑った眼と
噤んだ口の奥から
遙かな囁きを花粉さながらに
ふっと放つ

幾星霜も冷たく閉ざしていた
私の胸からは精げつづけた芥蔕が

込みあげ溢れでる

伝えきれなかった懐い
叶えられなかった希み

それらを一つ　また一つと
送り交わすうち
みな均しく光に濡れそぼち
赦し慈しみあう
温かい波動に包まれていく

いつか見えなくなるほど
浄められ一体となるであろう
互いの念を揺らめかす
死者と生者

足元は溶けだし
もはや佇んでいるのか
漂っているのか
茫茫と浮遊する私の魂を
彼方で焚かれる香木が
ゆったりと大地に引き戻す

亡き人を尋ね倦み
幾度となく旅を重ね
絞れるほど光を浴びようと
私の胸がすっかりと
すく日は来ないであろう
けれど尋ね思うそのたびに

長かった道のりは縮まり
死者たちはやがて
胡蝶の夢のごとく目覚め
微笑みかけてくるであろう

門火も鬼火も
生も死も
たまゆらに繋がる
粒子の戯れ

霧散した命は微塵に舞い
暗れ惑う闇の底でも
現し身を取り巻いている

生と死の汀(みぎわ)で

遠吠えと流星が拍を打つと
光芒一閃
韶は幕を閉じる

胸臆には
静かに灯る蛍籠
ひとつ

＊　極光…オーロラ　時として空一面に一気に広がり、色や形の活発な変化が数分間続くブレイクアップという現象が起きる

＊＊　韶（しょう）…中国の伝説上の聖天子舜（しゅん）が作ったといわれる音楽・韶舞　明るい音楽の意をもつ

第二章

白日夢

冬の日は
あまい坩堝で歳月（とき）を煮る

葉音
と
波音

生者
と
死者

偶然の擦れ

と

必然の訪れ

脳に舞う

無数のかけらは

とつおいつ

影を遊ばせ

追いかけあう

ありし日の

なかりし時の

空耳も

なかりし日の

ありし時の

空言も

浮きつ沈みつ

朧にふやけ

たおやかに

往還する

蜜色

の

対流

夕づく眼裏

さめれば

胸裡に固まって

はちみつ　ざらざら

白い結晶

小惑星

お腹にひとつ
惑星を入れて
時を待つ

明かりを含んだ微温湯(ぬるまゆ)に
とっくりと浸かり
私から奪うように
日ごと質量を増していく
幼気な惑いの星よ

あなたを繋ぎとめる
限られた引力しか

私は持たない

やがて時が満ち
私という同心円から
食みだし飛びだしていく
無軌道な軌道に
思いを馳せる私もまた
戸惑いの星

いまはまだ膜越しに
周りを窺うばかりの眼差しと
ようやく向き合える瞬間や
無垢な視線が日に添えて
私から逸（そ）れていく様までも
つぶさに思い巡らす

そしていつのときも
悩みを溜めこむ重力より
礫（つぶて）を振りまいてでも
放りだす遠心力を
しっかりと保つことを
どうしたら伝えられるかと——

印影

軽く精緻な母の黄楊
重く堅固な父の黒檀

朽ちがたい印材も
じわりじわりと朱肉を吸い
いつのまにか縁が耗り
されどなお掠れ声で
みずからを名乗りつづける

役所や病院　学校や銀行で
折々に込めた想いの集積

汗と指紋の滲みとおった
その艶やかな証しを
それぞれに握りなおし
薄暮に溶け入ろうとする
丸い肩先

……これで　いいかな

頷きあう二人の
夕色に凪いだ脈動を
紙面の沈黙が深々と吸いこむ

緒（いとぐち）

――聴こえますか？

臍の緒は君との糸電話だ
寝息ばかりが返ってくる
かぎりなく片方向の

頼りなく結びあう絆に
あるとき紫電が走ると
君はようやく半目を開けて呟く

――実のところ
不当解雇ですよね？

間歇的に不平を鳴らしたすえ
ついに交渉決裂とばかり
怒号をあげた君は
蔵(かく)された衣(ころも)から展(ひら)かれた世界へ
鮮やかな守破離を遂げる

世界中のまだ見ぬ仲間とともに
全身を紅潮させ
こわばった口の奥から
高らかにあげる
生(せい)のシュプレヒコール！

老樹

いつものようで肌ざわりの違う朝だ

靄に迷いながら差し伸ばした枝先から
我知らず酸い果汁が滴る

……果実はあげるよ
　　帽子を取っておくれ
　　　靴を踏まないで……

懐に銘記したはずの己の名は

いつのまにか埋(うず)もれてしまい
くぐもった願いは膠(やに)に凝(こご)った

　……帽子はあげるよ
　　靴を取っておくれ
　　　果実を踏まないで……

懶惰な毎日に足下はすったもんだの
しっちゃかめっちゃか
ものみな醸しあう温かな沼沢地に
いつまでも座っていたい

……靴はあげるよ
　果実を取っておくれ
　　帽子を踏まないで……

歌声は絶えて久しい
残った枝と疏らな葉で覆ってあげるから
疲れたら憩みにおいで
泣きに来てもいいいんだよ

ねえ　誰か

日々

新米のわたしに
あなたは厳しかった

——また来たのか
　今日は何の用？

おそるおそる差し出した手に
ずんとくる冷たさ

あかぎれだらけ
手際の悪さに小言が沁みる

嫌われているとばかり思っていたのに
いつからだろう
険のある顔が緩んできたのは

――遅いよ
　今度はいつ？

夕暮れ時に湿っぽいあなたを置いて帰り
「ここのところ忙しくて……」
口ごもりながら数日ぶりの訪問

開けた瞬間
水浸しになった褐色の貌！

掬うように包みこんだときの

胸につんとくる痛み

あれからもう半年――

不器用だったこの手は
あなたの涙にこんなにも潤って
今日も優しく触れるのです

ぴたぴた

ぬか床

濫觴

初めての潮を迎えてから
たえず耳裏に流れていたせせらぎが突然やみ
あるとき荒々しい奔流に変わった

*

胞衣(えな)から抜けでたばかり
透きとおる肌(はだえ)に薄明を沁みわたらす
まだ名もなき泉よ

父母の交差するところから発し
ひとりきりの律動を刻み

泣きながら歌いながら
進みゆく調べよ

出てはもう遡行のできぬ流れ

うらうらと差しこむ光とともに
否応なく降りおちる灰を被り
かぎりない彷徨を重ねるであろう
ひとすじの命脈よ

いまはまだ空（くう）ばかり映す眸
伏し目さす重みも知らぬ瞼

一匹の魚さえ棲んだことのない
この澱なき源泉に

ただ湧きいでよと願い込め
初めての曙光をともに浴びる

ダ・カーポ[*1]

靴音が無人の廊下にスタッカートを打つ
誰かがまたナースコールを押したのだろう
ここは待合室　いつ来るか知れぬ案内人を
一人きりで待つための

私は誰かって?
スフィンクスの謎かけを憶えている?
〈朝は四本足　昼は二本足
夕べには三本足で歩く生き物は何か〉

そう　その成れの果てさ　今じゃ仰向けだ

蝋のかかった眼に膜の張った耳
塞がりかけた鼻や常に乾いた口と舌

極めつけは針穴だらけの皮膚――
指の腹をつつく万年青の葉先を慕わしく
足先に絡まるガーゼの解れを厭わしく
感じる気難しい肌だ

これらが渾然一体となったのが私
感度不良のセンサーといったところか
求められるのは安定した数値だけ

唯一の友はこちら　優等生のデジタル時計君
きっかり１０分おきに左目からつーと涙を落とす
４：59　ほら　今も
９時台と１９時台には右目からとめどなく

ときに相棒よ　次の列車がいつ来るか知らないか
〈ゴドー〉[*2]を待っているのだが　……え　もうじき？

バイタル・サイン・モニター[*3]の緑の蛍が
赤く点滅しはじめる

おいおい　身を焦がす恋かい　ついに
私にもそんな時があったな

花時計は何時で止まってしまったのだろう

おや　まだだ　ゆっくりと回っているぞ

＊

時は過ぎるのではない　廻（めぐ）るのだ

連連と芽吹くように顕れる一瞬一瞬は
どれもかけがえのない未知の蕾

大切に育てれば芳（かぐわ）しく花開き
あるいはまた甲斐もなく萎れる
（おお　残酷に握り潰される恋文（ラブ・レター）たちよ……）

我が人生は平凡で平板な日時計だったけれど
それでも幻と瞬（まばた）きの狂おしい連続だった

実のところ三六〇度どころか
能うかぎり遍く広がる香り玉（ポマンダー）の中心に
私はいたのかもしれない

時計の針はようやく止まったかと思うと
静かに逆回りをはじめる

廻る廻る時の回廊
青紫に染まりだす眼裏——

どれほど愛しただろう

愁い顔で顎をもたげるアヤメを
寄り道のたび微笑みを揺らすアジサイを

澄んだ眼でしっとりと見つめかえすツユクサを
憶い出の花はどうしてか青ばかり
ブルー・ローズ[*1]を求めつづけた生涯だったのか

いいや　それだけではない
私の胸に点描を重ねる
キンポウゲ　ナデシコ　ホウセンカ……
すべて永遠となる一瞬の麗しい点綴だ

ふと聴き覚えのあるベルが鳴る

我に返ると
傍らに緑の小さな自転車
私の初めての愛車だ

迎えに来てくれたんだね
列車が来るとばかり思っていたら
こんなに愛おしいお前が

ピーター・パンと名付けていたっけ

うねる坂を上り下り
金木犀の木立を抜け
吊り橋を渡って
いつもひとりぼっちの私を
冒険に連れて行ってくれた

あれからもずっとどこかで
見守っていてくれたのかい

足にはもう力が入らないけれど
一緒に行こう
永遠の国　ネバーランドへ
〈二つ目を右に曲がって　朝までまっすぐ〉[*5]だったね？

ペダルがきいと軋む

＊

靴音が無人の廊下にスタッカートを打つ

ドアがきいと音をたてる

デジタル時計は 6：6を示した瞬間
慌ただしく動く白衣の袖に引っ掛けられ
逆さまに――

朝の光を胸一杯吸いこんだ窓に映る
Ziska[*6] フォントの表示時刻は
Peter Pan の頭文字(イニシャル)を表す

沈黙の𝄐(フェルマータ)[*7]

＊1　ダ・カーポ…初めからの意の音楽用語　曲の冒頭に戻って再び演奏することを示す
＊2　ゴドー…サミュエル・ベケット『ゴドーを待ちながら』より
＊3　バイタル・サイン・モニター…心電図やバイタル・サイン（心拍・血圧・呼吸数・酸素飽和度等）を同

時に測定し表示する機器　異常時にはアラームが鳴り、画面のボタンが点滅する

＊4　ブルー・ローズ…奇蹟・ありえないもの、あるいは不可能なことへの挑戦を意味する

＊5　〈二つ目を右に……〉…ジェームズ・マシュー・バリー『ピーター・パンとウェンディ』でピーター・パンが自分の住むネバーランドへの行き方をウェンディに尋ねられた際の答え

＊6　Ziska フォント…文字・数字・記号の表示や印刷に使用される書体の一種　数字の6と9が点対称、数字の9とアルファベットのPが左右に線対称となる

＊7　𝄐　フェルマータ…休止・停止の意の音楽記号　音符または休符を任意の長さに伸ばして演奏することを示す　終止記号としても使われる

白（はく）と余白　そして空白

誰の足元にも
永遠は白衣（びゃくえ）を纏って現れる

こちらから近づくのか
むこうから訪れるのか

躊躇いつつ歩み寄る足音が
ひとつに重なるとき
白炎の主（ぬし）は慕わしげに身を辷らせ
現し身を光の苞（ほう）に包み込む

あったはずの身を

解（ほと）き散（ほほろ）げ
悠揚と翻る焔（ほむら）

朝な夕な　日に月に
慎ましく自らを繋いでいた
諸息は片息となり
納められる時と
啓かれる時のあわいに
白々と引き取られる

天はふたたび灝気に充ち
地には泰らかな時が巡る

*

……ありがとう
遣る瀬無い背(そびら)を熱くしながら
後ろ手に扉を閉める人

粉雪を踏むように
遠ざかっていく気配――

*

足音の途絶えた部屋では
ヒヤシンスの脚がほどよく伸び
遺された者の胸底を揺らしつづける

独り歩き

おずおずと
歩きだす一年生
もじゃもじゃした
鳥の巣ひとつ胸に浮かべて
何が飛びだすか　わからない

ゆるやかな放物線の始点にあるものを
お願い　どうかそのまま揺さぶらないで
（きっとまだ　音だけの　あやうい存在！）

探しものが　はいっているはず　だけれど
すぐには見つからないでほしいとも思う

たまに　よろめき　うずくまる
道草を食うこともあるけれど
胸をきしませ歩いていく
ひざがしら　ふたつ

もじゃもじゃした
鳥の巣ひとつ
しっかりと
抱えて

早春譜

白木蓮*が細(ほそ)やかに綻び
凍える息を漏らす
春を待てずに逝った生を悼んで

顫える指先に空白を灯し
わたしは一音ずつ
確かに奏でつづけよう

荼毘に付されてもなお
褪せることのない

軽みと重みの調べを――

音の羽よ
どこまでも
昇ってゆくのだろう
絆しを解(ほど)かれ

音の灰よ
どこまでも
降りてゆくのだろう
安堵に包まれ

蒼穹の譜面を彩なしつつ
天と地に　はららかに還っていく
魂の分身たちよ

陸離たる装飾音をはだけ
不可視の裸身となって
皓皓と歌え

光の輪唱を
沈黙の絶唱を――

薄墨色に打ち萎れたカーテンが
淑やかに跪いて譜面台を弔い
捲(めく)れかけた楽譜に顔を埋(うず)める

＊ 白木蓮…ハクモクレン（Magnolia denudata） 早春に白い花を咲かせる落葉高木
「天国に咲く蓮の花」と呼ばれることがある

遺品整理

空咳ひとつ

箪笥は重い口を開き
冷えきった鈴蘭のブローチが
ちりんと応える

手製のブラウスに
何年ぶりかの陽がとおり
羽織に地紋の菊が咲く

お揃いのセーター
襟元の染みは歓談の忘れ花

〈ふふふ〉と綻び
耳奥に散る

抽斗の段段畑は順順に
花開いては乱れ落ちる

散り敷く花の一輪一輪
その色香　肌合を知りつくし
ありし日の足取りの軽さ重さを
量りつづけた畳は褪せ
アイロンの焦げ跡ぽつんと
もう軋むことなく
合眼して

暮色に揺らぐカーテンが

心仕舞いの時を告げる

箪笥の吐息に滑り落ちる
綸子の端切れよ
蝶となり
憶いの通い路はらはらと
転めき煌めき
この手にとまれ

毬梂（いがいが）

とげとげ　ほとほと
左見右見（とみこうみ）

もそもそ　かさかさ
逢離（おうさきるさ）

何処へ行く
小さな探査機

木漏れ日を追い
彼方此方（かなたこなた）

飽くこと
知らず
ジ
グ
ザ
グ
進む

棘ではない
わたし
の
手足

求め索めて
彷徨する

風狂の

凄まじさ

ある　か

なき　か

幸せ

の

輪郭

縁

供花（くげ）のセロハンが
さりさりと舞い
半分の光を天に返す

澄んだ空をひとひねり
8の字の数珠は二つの世界を描（えが）く

此岸から彼岸へと
また一珠
送られてゆく魂

交差する一点を過ぎるとき

かすかな欠片を
だれかの胸深く落として

巡り会い　響き合い
ときに行き違い
いつしか圭角とれ
安らかに瞑目する魂の連なり

8の字を戻せば
一つの円のなか境もなく繋がり
はぐれた者らが呼び交わす
珠の音　琳瑯と
その内を通る
触れられぬ糸と

どこかにある結び目を
指先は
そっと探る

第三章

ツイン・タワー

すっくりと　つっくりと
僕らは姿を映しあう

たがいに一枚きり
矩形の相似形をしたガラスの服の
隙間から今日も瘴気をたたせ
飾り箱のなかを錯視でさぐりあう

君の胸元にある会議室には
ひとり額を窓に近づけ
視界を白く曇らせる人

僕の膝下の非常階段では
取り落とした缶コーヒーの
鈍い呻吟に包まれている人

似た者同士
けっして視線を絡ませないけれど
なぜだろう
時折同じタイミングで
ひんやりする壁に指を這わせる

あまりにも薄い自らの刻印
そして〈孤独〉の符号――
ほらね　まただ

なかば去勢された息吹たちの
痛ましいほど微量のエネルギーで
陽炎いたつ僕らは
時を上滑りさせながら
早鐘を打ちつづけ
いつか　がらんどうになる日を予感し
いや期待さえする

ビル街を吹き抜ける夕風の
涼やかな歯擦音

航空障害灯を点す時刻だ

春く日のかたわら
無数の拍動を抱える部屋々々を

忙しく明滅させながら
僕らもまた
とっくりと見交わすことを知らず
ただ曖昧な反射をつづける

化石の夜に

日々は均される

一日の跡地――あるいは
一日分のコンクリートの層に
残響がやまない

身を硬くして横たわる
巻貝ひとつ

みずからを閉じ
きりきりと
ときに　ゆるゆると

その日を巻きとり
一晩かけてカラになる

伏せた横顔
畳めない耳

柔らかに白み
ほどけていく夜気のなか

鉄の薔薇

鉄の藪があった

スクラップが錆色の膨張を繰りかえし
いくら蔓延っても薔薇の茂みにはなれない

……童は見たり　野なかの薔薇*

パッシングして過ぎた車の鮮やかな侮蔑に
破片たちは鈍く顫えた

縁石を越えないかぎり許されるのだと
遠心力に諂うドライバーの内広がりな傲り

反発する車体は密かに内圧を高める
突如　砂埃をあげ大きくスリップする車

……思出ぐさに　君を刺さん＊

吹き溜まりに潜んでいた荊棘(ばら)線の刺客が
タイヤをグサリと殺(や)ったのだ
——彼奴(きゃつ)を生け捕りにしたぞ！
しゃかしゃかと忍び笑いするスクラップ
ハザードランプを点けて調べに降りた
ドライバーの口に一筋の不快な味が流れる

確かめずともわかる

生まれてこのかた取りついて離れない鉄錆の味

ぬるりとした感覚……

舌を噛んだのだ

……紅におう　野なかの薔薇*

傷ついたのはむしろ自尊心だったが

自らに流れる錆を彼はおぞましく吐き棄てた

暗紅色の歪な薔薇が路面に散った

……その色愛でつ　飽かず眺む*

故障車は苦しげに痙攣を繰りかえしたすえ
寒気のなか　がくりと事切れる

蒼白な満月による実況見分は以下のとおり

・車種はブルー・プラネット
・車両番号は２１C
・車体の色はくすんだ青　但し塗装が剥げ代赭色の
　下地が随所に露出
・無謀な加速により軌道を大きく外れた模様
・ドライブ・レコーダーに残された最期の言葉（ダイイング・メッセージ）‥
……永久に…あせぬ　紅…に…お…う……*

早暁の事故現場では鉄の薔薇が一輪
形ばかりの黙祷を捧げる

＊　原詩　ヨハン・ヴォルフガング・フォン・ゲーテ「野ばら」
近藤朔風による訳詩「野なかの薔薇」（「野ばら」）より
三点リーダー（…）は筆者による加筆

刻（とき）

チック　タック　チック　タック
チック　……　　チック　……

……もう　進めない

着地点に辿りつけず　しゃくりあげる
かぼそい秒針

引きつった足は摩（さす）っても温めても
蹌踉としたまま

……雨の日も風の日も

揺るぎない歩度で
進んできたはずが……

苦悶する風防の下を
虚しく行き来する針の運び

腕時計の裏側で巡らされる思議——
その昂(たかま)りと鎮まりの交錯が毎日毎秒
薄い裏蓋をつたい精巧な深奥を
磨りへらし歪(ひず)ませていたのか

シック　……　シック　……

しだいに靄のかかる文字盤に
秒針は浅い掻き傷をつくるばかり

明日がないとは！

痩せほそった相棒と私は
輪郭がひとつになるほど身を縒りあわせ
小刻みに顫えだす

ぼやけていく視界がにわかに揺らめき
ふたり抱きあったまま黒い蝶に羽化すると
目を開けたまま睡っている文字盤から
ふらふらと幽体離脱する

落ちこぼれた刻(とき)の鱗粉は煌らかに舞い
うたた寝する蚊の睫に軟らかく着地して
虫の息の蟭螟に延命をもたらす

懐かしく物憂い針ほどの間が
昏黒の街の片えくぼに
吸い込まれていく

境界線

ケーキを切り分けよう
いいところで声をかけてね

きしきしと
溝を掘り下げる音が
今日も聞こえる

目・科・属・種
境という境を見つけては線を引き
さらに深く　さらに細かく
日に異に刻むナイフの

虚しい響き
　疼（ひいら）ぐ大地のうえで
　　分数に何の意味があろう

囲み　疎み　阻み　拒み
崩れかけた地表で緑の小さな蕾は
あやふやなまま萎えていく

涙を吸いつづけた焦土は
夜半　意志を固めて凍土になり
刻まれることへ束の間の抵抗を示す

　楽園を荒らしたのは
誰か

行き場をなくした地下水が
わなわなと告発をはじめる頃
我らは時過(さだ)ぎ仕失い
引き裂かれた地盤のうえ
そよとも靡かぬ枯れ花を
自らの弔花にと摘み歩く

透明なブルドーザーが
幽鬼さながら跳ね回り
霊長目ヒト科の心の閾(しきい)を
肌骨もろとも押し砕き
永遠に戻らぬ砂時計の底で
冷たく緘黙する灰燼となす
曠古の春――

更地にかえった荒地は
新たな楽園の舞台に

次の生命体に幸あれ!

ぼろぼろの大地は
味を無くしたパイのかけら
アップル・タルトの生地にはなるかな

帰郷

白い壁にいつか埋もれそうな部屋
季節はずれの雪に覆われて
彼女はいた

わずかに咲きのこった菫色のパジャマ
その下をたくさんの虫が這いまわり
残された養分を吸いつづける

潮の匂い

点滴から落とされる海に似た養液が
涸れた細胞を潤しても

シーツに浮かぶ体は寄辺なく
漂流をつづける

*

ずっとむかし
まだ誰にも鰭があったころ
あなたの碧碧とした子守唄のなかで
すべては響きあっていた

しなやかな細胞壁は
たがいの澱を濾しながら
あたたかい養分を送りかわし
ひとつの息吹をつくりだしていた

あるとき駆けだした私たち

霧靄をさ迷ううち
呼びかわす声は遠ざかり
硬い殻と化した壁

崩れたリズムが時を刻む故郷（ふるさと）で
〈お還りなさい……〉と
息だけの呟きが私たちを迎える

そのほてった唇から零れる譫言（うわごと）を掬い
酸い涙に身も心も溶かされながら
ふたたびの潮を待とう

波の合間の静寂は長い

けれど果てまでも浸みてゆける水よ
どうか力をため
沈んだ調べを打ちあげよ

*

いま七色の微光が仄めく

東の頬がうすく染まり
眠っていた地下の水音がささめく

蒼白く潤み
首を傾げたこの星のもと

懐かしい沫（しぶき）よ

きっと

パンドラの宝石匣

青　黄　緑　赤　紫

冷蔵庫の奥処　透明な保存容器にたゆたう
幾つもの眼が一斉に色めきたち
ほんの数日　目を離した私を睨(ね)めつける

――食物を放置するとは不届千万
　罰としてここに入るがいい
　微生物と蔑される我らがコロニーへ

頬を紅潮させ息巻く赤と
怒りに蒼ざめ顫える青

後ずさる私を黄が窘める

――ためらうとは　はて面妖な
ここは豊饒の地
打ち捨てられたものが
とりどりの色と形なき形をまとい
肩寄せあって生きる不滅の楽園
その一員に迎えてやろうというのだ
栄誉と思え　*余贏（よえい）ではないぞ

匣の中はさざめきたち
千紫万紅　千姿万態
黴たちの艶治な舞がはじまり
緑と紫が連れだって
菌糸を靡かせ輪舞に誘う

――早くおいでよ！　君のふる里だろう

シンクにしがみつき
かぶりを振りつづけるうち
溜まった水に呼び覚まされる
遠い日の情景

その昔　水たまりに泛かぶ
〈へのへのもへじ〉の
〈も〉だった気がする
伸びをしたら　ぶつかって
〈の〉の字に睨まれ　しっぽを巻いた

――ピピッ

冷蔵庫の警告音
（早く閉めて！　でないと　あなたまで
呑みこまれてしまいますよ）

……遅かった

扉に掛けた両の手から力が抜け
みるみる細まると透明な触手となる

巨きすぎた妄想ごと
わたしは溶けくずれ
かたちなど留めない
微かな生物（からだ）に還りつく

もう

走らなくていい
ただ揺られていよう

最期に落とした
みずからの涙に泛かび
プランクトンは喜色に満ちて

さやさや
　さやさや

＊　余贏(よえい)…物のあまり

風評

送電線が揺れる

鳥の気嚢ほどの誤解が四方に振れ
疲労と無聊の気流に揉まれ
長い尾がつき羽が生え
生まれた鳥は毒の漿果を
電線伝いにつっつっつと運ぶ

匂やかな赫い汁に胸を焦がし
ついにはその実を自ら啄み
噎せこんで辺り一面　真っ赤な飛沫

氣息奄奄　耐えかねて
貪べかけの実を〈糢湖〉に落とせば
喘いさざめき広がる波紋

水草　水馬　淡水魚
水浴客や釣人まで
毒は瞬時に伝播して
津々浦々で鼎が沸く

見上げれば送電線は輻輳状態
サキドリ　ジントリ　カクシドリ
連日　食卓を賑わすのは
選り取り見取りの鳥料理

モノマネドリにアゲアシトリ

イイトコドリまで相宿り
お目目白黒　喧喧囂囂
アトモドリは見られない

逸早く毒気の抜けた一番鳥は
翼を窄めて雨宿り
一本松の下枝(しずえ)の蔭で
鼎の湯気を見下ろすばかり

……トリ消すことは難しくとも
　　閑古鳥になれますように……

昨日も今日も何時(いつ)いつまでも
送電線は撓い揺れる

転身

知らぬまに溶けつづけた氷がグラスの内側を軽く擦(こす)る
するりと身をかわし　あたらしい落ちつきどころ
わずかに角を落とし　またすこし深度を失って

沈黙の層をまとっても　たえず濯われる体は
小さな屈折率を裡(うち)に秘め　薄片に近づく

痩せた背を透過する光の白々しさ
誰かが縁から水を差す

罅が走るのは

ガラスか

氷か

凛！

X
―或る闇の物語―

I

君の体内において
僕という濃度を高位安定させようと
試みたのは本能的欲求からか
あるいは僕の奸計だったのか
どちらでも構わない

いずれにせよ
君が僕への依存症に陥らなかったのは
習慣性をつくるほどの毒性が

僕になかったからか
それとも君が日ごとに僕への耐性を
強めていったせいなのか
こちらの方がよほど興味深い

さ迷ってばかりの君を
周りから固めてしまおうと
贈りつづけたプレゼントの燦めきは
日に日に減衰するとともに
冷やかなオーラを放ち
気づけば電気柵よろしく
僕の侵入を阻むようになった

僕から目を逸らしはじめた君に
あれこれ手を尽くした挙げ句

不出来な薬をオブラートに包んで渡しても
いっこうに飲んでくれなかったから
最後に打ったカンフル剤

ありったけの僕を注入したのは
医療ミスだったかな
何の効き目もないどころか
あっさり逝ってしまったもの

赫い音をたてて近づいてくるサイレンを
蒼いゼラチン質の静けさに塞がれて
待つ退屈さときたら……

君の胸のうえで泣き笑いするように
艶めかしく花弁(かべん)を広げていく

刺傷のカトレアとは裏腹に
君の身体がどんどん
無愛想になっていくものだからね

ともあれ君へのまっすぐな想いは
一瞬の滞空時間を経て
渾身のベクトルとなり
いまや永久凍土に刺さったまま

君の目の端に入る
僕のいつになく爬虫類がかった視線を
いつもどおり軽く受け流そうとする
君の乾いた角膜を掠める
僕の凍てついた眼(まなこ)を
凝らした瞳の奥でようやく認め

立ちすくんだ君と
躍りかかった僕は
もはや永遠に見つめ合うことはない

重い封印を解かれた僕の爽快な気分が
メンソールの紫煙となって
この部屋に広がっていく

Ⅱ

居場所のない私を
いつからか囲んでいた
彼の血統書付きのアイデンティティー

べたつくバリアの外に

ようやく抜け出せたと思ったら
眉間に皺を寄せて眠る自分を
青い靄に包まれて見下ろしている私

付け睫毛が片方とれかかって……
どうにかしたいのに　どうにもできない！

*

二人を包んでいた
時々曇るシャボン玉
脆い光で出来ていたのに
私が出て行くより先に
あなたが割った

いま
紫の薄闇のなか
尖った顎を膝に突きたて
ぼんやりしている
あなたが見える

固いコンプレックスから水中花のごとく
広がったぞっとしない夢と
心を涸らすばかりの乾からびた日常を
忙しなく行き来する
あなたは振り子だった

陽が透けるほど浅はかな闇のなか
ひとり何かに奮闘しては
倦みつかれ打ちしずむ骨立った背中に

いつだって振り落とされてしまう言葉を
掛けつづけるのに厭気がさして
私はただ
薄い光の波打ち際で
いつか褪める燦めきの数々を
虚ろな目で追っていた

夏祭りの後みたいに
ひとつの恍惚が散ったけれど
あなたの仕掛けた罠ではなかったと
思いつづけたい

蘭の花が艶（あで）やかに滲む
浴衣姿のまま
永遠に

Ⅲ

雪の日のホテル
客室清掃員の黒いエプロンは
背中に大きなX（エックス）を描（えが）く

ベッドを整えようと身を伸ばすたび
未知数を求めて激しく躍動する記号

この部屋で何が起きたのか
新人の客室係には知る由もない
謎解きにますます躍起になるX！

カラスが一羽
底光る眼で
窓の外を旋回する

……もっと闇を！
　さもなくば光が視えない……

生き生きとした濡れ羽色が
誰の目にも染みる朝だった

湾(いりうみ)

ちろめく水明かり

一日のほとりに泛かぶ
幾艘もの小舟に
愁いが灯る

たがいに肩を顫わせ
通宵　星を漁(すなど)るものたちの
時が広がり滲む

……今日も
行き着けなかった

……わたしたち
海に撒かれた木片
拡がっては縮む世界のなか
日々進むのでなく
運ばれるばかり

倦んだ大気のもと
淦水を音もなく揺らし
昨日を淘げ　今日を淘げ
砂粒ほどの出来事を
明日への糧にする

さざ波は微睡む臂(ただむき)
溜息の縁から入っては

ささくれた船端を擦（さす）り宥める
いつの日か離れ放たれる
黙契を船底に刻み
下春と昧爽のあいだを
漂う同胞（はらから）たちよ

とこしえに分かたれる
そのときまで
夜ごと濡れた目で
かりそめの水面（みなも）を照らしあおう

搗色（かちいろ）の影を
星影に織りあわせ
くたりくたりと小夜すがら――

フラスコ

ねえ　どうして
私たち身じろぎもしなかったのに
水けむりが逃げていく

遠くで誰かがフラスコを振る
疚しさを発泡させながら

花が散り
骨片が舞い
白濁する地上

上昇と下降　濃縮と拡散
醗酵と腐敗が閾値（いきち）を超えると
傷心で膨らんだ風船は糸が切れ
時空を蕩揺しはじめる

フェーズ1

時は戦ぐ（耳を欹てよ）

サイレンと賛美歌が吹きかよう
ここはざらついた空き地
何かから切り離された者たちが
明日に向かって肩を竦める

フェーズ2

時は凍る（吐息をかけよ）

互いが互いを噛み殺す舌戦のなか
筒音と弔鐘が追いかけあう
剥げ落ちた昼にも爛れた夜にも
冷たく凝(こご)る人の群れ

フェーズ3

時は轟く（耳を覆え）

大地は呻き海は唸り
嗚咽と慟哭が縺れあう
時化に洗われるボトルには
〈混ゼルナ危険〉の表示が消えかかって

フェーズ4

時は黙(もく)す（ただ祈りを……）

音もなく割れた風船から
静けさが羽毛のように舞いおちて
明日への残光を覆いつくし
嘆息と追憶が薄くたなびく

みなし児たちの幽き灯火が
掻き消されるその前に
魂ある者はせめて一輪
あるいは一篇——
徒花を混沌に浮かべよ

洶湧と沸きたち
吹きあがる気泡は
何へと飛躍をはかるのか

もはや抗いようも
免れようもない
無数の禍が霧消するまで

見えざる手よ
フラスコを振れ

夜を日に継ぐ調合のもと
ゆくりなく立ちのぼる
一条（ひとすじ）の馨香のため

しんしんと振りつづけよ

冬の幾何学

蜘蛛よ

君の吐く
かぼそいモノローグは
絹糸のゆらぎ　螺旋のうねり

漆黒のなか
補助線も引けずに
どうしたら聴きとれるだろう

声の大きなものたちが
肥大した舌をだらりと垂らし

地上が弛緩する頃
声なきものの顫える忍耐が
脈打ちはじめる

痣だらけの空と地のあわい
連綿と継ぐ自問自答
不断に傾ぐ多角形

今宵　凍てつく大気のもと
六花(りっか)が無言の合図を送ると
君は手製のカタパルトから
馭者座*めざして
空(くう)を蹴る

＊　駁者座（Auriga）…五角形をなす北天の星座　真冬の夜に南中する

あとがき

遙か彼方へ思いを馳せることは、清澄な空気を取り入れる深呼吸のようなものではないでしょうか。

たとえ困難な状況にあろうと、夜空を眺めたり、テーブル・ランプに照らされ、ひとり物思いに耽るうちに、時間的にも空間的にも隔たってしまったかけがえのない人々との想い出が、星屑の瞬くごとく胸に去来し、心の静まるひとときがあるものです。

幽明相隔つとは言いますが、再会の叶わぬ人であっても、心身に残る記憶や感覚を綴り合わせ温かく蘇らせることができれば、どれほど励みとなり、胸塞ぐ現実に向き直るよすがになることでしょう。

平坦とはいえない日々のなか、こうした実感のもと筆を呵してまいりました。


本書のカバー装画として、銅版画家　長谷川潔の《小鳥と胡蝶》（一九六一、メゾチント）を畏れ多くも使わせていただきました。

十年程前に偶然目にして以来、惹かれてやまない長谷川作品の数々のうち、本詩集で表した私自身の心象と重なるところが、とりわけ多いように思われる作品です。

「小鳥と胡蝶」という、優しくも確とした響きの頭韻を踏むタイトルが賦され、また気の遠くなるほどの過程を要するマニエール・ノワール（黒の技法）という版画技法によって創られたこの作品は、吸い込まれるような深い墨色の濃淡が静謐かつ清逸な世界を醸しだしています。

仔細に観つめると、鳥の嘴の先がきっちりと向けられた画面左上の端と、画面の右下の端とを結ぶ対角線を挟み、二匹の蝶が等間隔で配置されていることに気付きます。

長谷川自らは「鳥は私自身で、二匹の蝶を見つめています。蝶はこの世界における友情と愛を表しているのです」と記していますが、暗示性に富む本作は様々な想像を喚起し、またそれを許容する余地を有するかと思われます。そこでもし幾分自由な解釈を認めていただけるなら、私には、この見えない境界線によって分かたれた右上側は彼岸、虚の世界であり、左下側は此岸、実の世界であるように見受けられるのです。そして異なる世界に属する二匹の蝶（半身の蝶は彼岸に、総身の蝶は此岸に）、すなわち二つの魂が広大な宇宙のもと相呼応して戯れる様子に、此岸の存在である鳥（版画家自身）が瞠目し、同じく此岸に根差す常緑樹の木蔦（長谷川作品において誠実の象徴）は想像の翼を羽ばたかすがごとく、彼岸あるいは天空の領域へ蔓を伸ばしているように受けとめられます。

　画面左下の球体が同氏作品で世界や宇宙のシンボルであることも手伝っているのかもしれません。もしくは蝶のほか魂や息を意味する古代ギリシア語「プシュケー」に導かれた連想とも言えるでしょうか。

　五つのモチーフ（鳥・二匹の蝶・木蔦・球体）を控えめなサイズで配した残りのスペースを広やかに占めるのは、窓の外で静かに規則正しく鼓動する闇――一切の夾雑物を排し、黙して語らぬこの大いなる深黒の世界に、画面の小鳥になって見入るうち、いつしか来し方行く末や大宇宙の理（ことわり）に思いを馳せる境地に至ります。そして遙かなものに心を通わせようとする、小さく儚い存在である自分が、常に心を澄まし、想像力豊かに生きるなら、森羅万象と通じ合えることに気付かされる思いさえするのです。

振り返りますと、物心つく頃から創作物（フィクション）の世界に浸ることが、私にとって何よりの愉しみでした。虚実皮膜のあわいに心を遊ばせ、時に哀切な顛末に落涙しつつも、新たな視点をもって日常に戻ることができたのを懐かしく思い出します。遠い昔から続くこうした鑑賞と感得の体験が、総じて私の裡（うち）で豊かに息づき、人生の羅針盤になるとともに、創作活動の支えとなっていることを折に触れて感じ、邂逅したすべての作品の作者、そして訳者、研究者の方々へ感謝と敬愛の念が尽きません。

あとがきを認めているいま、自分にどれだけのことができたか心許ないかぎりです。貴重なお時間を割き、本書を繙いてくださった皆様に心より御礼申し上げます。ほんの一節なりとも、いつか何かの折に思い起こしていただけましたら、無上の喜びです。

本詩集の出版にあたっては、七月堂代表の知念明子様に大変お世話になりました。和やかな雰囲気のなか、詩について本質的なお話ができましたことは殊に印象深く、ひとかたならぬご高配とご厚情に深謝いたします。

最後になりましたが、いまは星となり遐くから恒に見護ってくれている幾体もの霊と、おぼつかない創作活動を慈愛のこもった眼差しで見守りつづけてくださった方々、そして常々の呟きに耳を貸してくれる我が伴侶に深い謝意を表します。

令和四年十月　清宵

倉本　侑未子

＊『銅版画家　長谷川潔　作品のひみつ』　十七頁　企画・監修　横浜美術館
執筆　猿渡紀代子　沼田英子　玲風書房　二〇〇六

参考文献

『白昼に神を視る』（新装・改訂普及版）　長谷川潔
長谷川仁・竹本忠雄・魚津章夫編　白水社　一九九一
『長谷川潔の世界（下）渡仏後〔Ⅱ〕』横浜美術館叢書4　猿渡紀代子
有隣堂　一九九八
『日本の現代版画1　三人の銅版画展　長谷川潔／浜口陽三／駒井哲郎』
町田市立国際版画美術館　一九八七

著者・詩略歴

倉本　侑未子（くらもと　ゆみこ）

一九七一年東京都生まれ　東京大学文学部英語英米文学卒業

二〇〇九年　第一詩集『真夜中のパルス』砂子屋書房（第２０回日本詩人クラブ新人賞）

二〇一二年　カナダ　バンクーバーのブリティッシュ・コロンビア大学（U.B.C.）で行われた

詩の創作講座（冬期）に参加

星綴り（ほしつづり）

二〇二三年一月十五日　発行

著　者　倉本侑未子（くらもとゆみこ）

発行者　知念　明子

発行所　七　月　堂

〒一五四―〇〇二一　東京都世田谷区豪徳寺一丁目―二―七

電話　〇三・六八〇四・四七八八

ＦＡＸ　〇三・六八〇四・四七八七

装　幀　菊井崇史

印刷製本　渋谷文泉閣

Printed in Japan

ISBN 978-4-87944-508-7 C0092